RODDY DOYLE

AITHNÍONN AN FHUIL A CHÉILE

Aistritheoir: Hannah Ní Dhoimhín

Comhairleoir Teanga: Pól Ó Cainín

Tá dhá úrscéal déag scríofa ag Roddy Doyle, ina measc *The Commitments*, *The Snapper*, *Paddy Clarke Ha Ha Ha*, bhuaigh an ceann deiridh sin Duais Booker in 1993; *The Woman Who Walked Into Doors*, agus, an ceann is déanaí, *Love*. Tá leabhair eile scríofa aige freisin, trí bhailiúchán gearrscéalta, ocht leabhar le haghaidh páistí, an tsraith *Two Pints*, agus cuimhní cinn a thuismitheoirí, *Rory and Ita*. Scríobh sé *The Second Half* in éineacht le Roy Keane, agus *Kellie* in éineacht le Kellie Harrington. Is bailiúchán scéalta é an leabhar is déanaí uaidh, *Life Without Children*.

Is comhbhunaitheoir Fighting Words é, a cuireadh ar bun chun páistí agus daoine óga ar fud na hÉireann a spreagadh agus cabhrú leo scríobh go cruthaitheach. Tá cónaí air i mBaile Átha Cliath.

NEW ISLAND *Open Door*

AITHNÍONN AN FHUIL A CHÉILE
Foilsithe den chéad uair in 2023 ag New Island
Glenshesk House
10 Páirc Oifigí Richview
Cluain Sceach
Baile Átha Cliath, D14 V8C4
Éire
www.newisland.ie

Cóipcheart © 2023 Roddy Doyle
Aistrithe ag Hannah Ní Dhoimhín

Tá ceart Roddy Doyle mar údar an tsaothair seo dearbhaithe aige de réir Acht Cóipchirt agus Ceart Gaolmhar, 2000.

Tá taifead chatalóg an CIP don leabhar seo ar fáil ó Leabharlann na Breataine.

ISBN 978-1-848408-95-1

Is le maoiniú ón gComhairle um Oideachas Gaeltachta agus Gaelscolaíochta a cuireadh leagain Ghaeilge de leabhair Open Door ar fáil

An Chomhairle um Oideachas
Gaeltachta & Gaelscolaíochta

Gach ceart ar cosnamh. Ní ceadmhach aon chuid den fhoilseachán seo a atáirgeadh, a chur i gcomhad athfhála, ná a tharchur ar aon mhodh ná slí, bíodh sin leictreonach, meicniúil, bunaithe ar fhótachóipeáil, ar thaifeadadh nó eile gan cead a fháil roimh ré ón bhfoilsitheoir.

Arna chlóchur ag JVR Creative, India
Arna chlóbhualadh ag FINIDR, Czech Republic
Dearadh clúdaigh ag Artmark agus New Island

10 9 8 7 6 5 4 3 2 1

A Léitheoir dhil,

Ábhar mórtais dom mar Eagarthóir Sraithe agus mar dhuine d'údair Open Door, réamhrá a scríobh d'Eagráin Ghaeilge na sraithe.

Cúis áthais í d'údair nuair a aistrítear a saothair go teanga eile, ach is onóir ar leith é nuair a aistrítear saothair go Gaeilge. Tá súil againn go mbainfidh lucht léitheoireachta nua an-taitneamh as na leabhair seo, saothair na n-údar is mó rachmas in Éirinn.

Tá súil againn freisin go mbeidh tairbhe le baint as leabhair Open Door dóibh siúd atá i mbun teagaisc ár dteanga dhúchais.

Pé cúis atá agat leis na leabhair seo a léamh, bain taitneamh astu.

Le gach beannacht,

Patricia Scanlan.
Patricia Scanlan

A hAon

Bhí Danny Ó Murchú chun bualadh lena dheartháir.

Scríobh sé ina leabhar nótaí: "Ag bualadh le mo dheartháir ag 8 a chlog." Bhí a fhios aige go raibh cuma aisteach air. Bhí "mo dheartháir" scríofa aige in áit "Jimmy", ainm a dhearthár.

Nuair a labhair sé ar an bhfón le Jimmy dhá lá ó shin, thug Jimmy "Jim" air féin. Agus "James" a thug a mháthair air i gcónaí. Jimmy nó Jim nó James. Ní raibh a fhios ag Danny cén t-ainm le tabhairt air.

Ní fhaca sé Jimmy ná níor airigh sé uaidh é le fiche bliain. Níos faide ná sin. Bliain is fiche.

Ach ansin, dhá lá ó shin, bhuail an fón.

"A Dheaide?"

Bhéic a mhac, Dan Beag, aníos ón halla air.

"Céard é féin?" arsa Danny.

Thuas staighre a bhí sé, á bhearradh féin.

"Tá Jim do do chuardach," arsa Dan Beag.

Thriomaigh Danny a éadan le tuáille agus é ag teacht anuas an staighre. Bhí aithne aige ar chúpla Jim. Ní raibh a fhios aige, mar sin, cé a bheadh ar an taobh eile den líne nuair a chroch sé an fón.

"'Sea?"

"Danny?"

"'Sea?"

"Jim anseo."

D'fhan Danny ina thost, ag súil le níos mó eolais. Níor aithin sé an glór.

"Jim, do dheartháir."

"Ó."

Sin é. "Ó." Níor rith aon rud eile le Danny le rá. Níor tháinig aon fhocal eile chuige.

Labhair a dheartháir arís.

"Cén chaoi a bhfuil tú?"

"Togha," arsa Danny. "Agus tú féin?"

"Go breá."

"Go maith," arsa Danny.

"Tá go maith. Ar mhaith leat bualadh le chéile?"

"OK."

"Gheobhaidh muid pionta nó rud éigin."

"OK."

Agus seo muid, anois. Bhí dhá lá caite ó shin agus bhí sé ar a bhealach le bualadh le Jimmy. A dheartháir nach bhfaca sé le blianta.

Bhí an bus ag tarraingt ar theach a thuismitheoirí. Ba é sin an teach ar fhás sé aníos ann.

Ba é sin an teach ar fhás Danny agus Jimmy Ó Murchú aníos ann.

A Dó

Bhídís i gcónaí i gcuideachta a chéile, deartháireacha Uí Mhurchú. Ní cúpla a bhí iontu, bhí Jimmy bliain níos sine ná Danny. Ach ba gheall le cúpla iad. Sin a deireadh gach duine. A dtuismitheoirí, a gcuid deirfiúracha, na comharsana. Deireadh siad ar fad é. Deireadh deirfiúracha Uí Chonchubhair síos an bóthar uathu é, fiú amháin, agus ba chúpla iad sin.

Ní hamháin go ndeirtí é sin de bharr go mbídís i gcónaí le chéile. Bhí níos mó i gceist leis ná sin. Níor ghá dóibh labhairt lena chéile. Sin a bhí ann. Bhíodh a fhios ag deartháir amháin i gcónaí céard a theastaigh ón deartháir eile. Shíneadh Danny an salann chuig Jimmy díreach sula mbíodh Jimmy á iarraidh. Níor ghá do Danny breathnú ar Jimmy sula gciceáladh sé an pheil chuige.

Geábh amháin, bhí múinteoir ar tí slais a bhualadh ar Jimmy de bharr nach raibh peann dearg aige. Buaileadh cnag ar dhoras an tseomra ranga ansin. Agus isteach leis Danny – peann dearg ina lámh aige. Thug an chuid is mó de na buachaillí sa rang bualadh bos dó, ach thosaigh duine nó beirt ag caoineadh.

Ní fheictí riamh duine amháin acu gan an duine eile. Taobh le chéile i gcónaí tríd an mbunscoil agus an scoil mhór. Cluichí, cairde, sacar, cailíní, Guinness – chuir siad suim iontu ar fad i gcuideachta a chéile. Fuair siad beirt

Aithníonn An Fhuil A Chéile

Lego ó Shantaí. Fuair siad a gcéad phóigín ón gcailín céanna. (Sin ráite, d'fhéadfá an rud céanna a rá faoi gach buachaill eile ar an mbaile.) Chuaigh siad ar an ól den chéad uair le chéile. Bhí an drochphóit chéanna ar an mbeirt acu an mhaidin dár gcionn. Roinnidís a gcuid airgid. Roinnidís a gcuid éadaí. Roinnidís an saol lena chéile.

Roinnidís an leaba chéanna.

"Gabhaigí a chodladh!" a bhéic a máthair.

Thíos faoin seomra leapa a bhí an chistin. Tháinig a glór aníos tríd an urlár.

Tharla sé seo nuair a bhí Jimmy deich mbliana d'aois agus Danny naoi mbliana.

Chuir an bheirt acu a gcloigeann isteach faoin bpluid le nach gcloisfeadh sí iad ag gáire. Agus fuair siad an boladh a chuir tús leis an ngáire ar an gcéad dul síos.

Bhí an cháil amuigh ar bhromanna Jimmy.

"A Mhaighdean!"

Thriail Danny éalú amach ón bpluid. Ach ní scaoilfeadh Jimmy leis. Bhrúigh sé cloigeann Danny síos ar an tocht. Chiceáil Danny a chosa agus é ag iarraidh éalú ó ghreim Jimmy.

Bhí sé in ann a mháthair a chloisteáil.

"Beidh aiféala ar an mbeirt agaibh má chaithfidh mé teacht aníos ansin!"

Chas Danny anonn agus anall ach ní bhogfadh Jimmy. Bhí pian ina mhuineál. Ní raibh sé in ann a anáil a tharraingt. Bhí an gáire stoptha anois. Bhí méara Jimmy ag gortú a mhuiníl.

Rinne sé iarracht screadach ar a mháthair.

A Trí

Chuimhnigh Danny air seo agus an bus ag dul thar theach a mháthar. Bhí sé in ann boladh an tochta a fháil i gcónaí. Tríocha bliain i ndiaidh na heachtra. Níos faide ná sin. Trí bliana is tríocha. Bhí sé in ann méara Jimmy a aireachtáil ar a mhuineál agus a éadan á bhrú síos ar an mbraillín.

Ní raibh aon solas air sa seomra leapa, ná in aon cheann de na seomraí tosaigh. Ní raibh ag cónaí ann ach a mháthair anois. Dé Céadaoin a bhí ann. Bheadh sí ag breathnú ar *Coronation Street*. Níor chaill sí oiread agus clár amháin de ó 1967 i leith. Ceann ar bith. Bhainfeadh sí an fón den chrúca a fhad is a bheadh sé ar siúl.

Agus d'íosfadh sí Cadbury's Flake go han-mhall ar fad. Chuirfeadh sí an píosa deireanach den tseacláid isteach ina béal díreach agus an ceol ag teacht air ag deireadh an chláir. An lá a chuir siad athair Danny, fiú amháin, bhreathnaigh sí ar *Coronation Street*.

"Sin a bheadh uaidh," a dúirt sí.

Agus d'aontaigh siad léi. Thaitin *Coronation Street* le hathair Danny freisin.

Bhreathnaigh siad ar fad air ina cuideachta. Danny, a chuid deirfiúracha, Úna agus Mary, agus deirfiúr a mháthar, Rose.

Dhírigh Úna a méar suas i dtreo na síleála.

"Tá sé thuas sna flaithis, a Mhamaí, ag breathnú air in éindí linn."

Aithníonn An Fhuil A Chéile

"Fuist," arsa máthair Danny, "níl mé in ann é a chloisteáil."

Ní raibh Jimmy ann. Níor fhreastail sé ar an tsochraid. Sheol sé bláthanna agus sreangscéal chucu.

"An gceapann sé gur bainis atá ann?" arsa Rose.

"Fuist," arsa máthair Danny. "Tá sé an-ghnóthach thall."

"Thall" i Londain a bhí sé. Bhí cónaí ar Jimmy i Londain. Bhí sé ann le bliain is fiche anois. Thiocfadh sé abhaile anois is arís ach ní fheicfeadh Danny é. Agus ní dheachaigh Danny anonn go Londain riamh.

Bhí siad le bualadh le chéile Tigh Todd. Bhí dhá stad bus fágtha. Chaith Danny súil ar a uaireadóir. Bhí sé beagáinín luath. Níor theastaigh uaidh a bheith ann roimh Jimmy.

Sheas sé agus bhuail sé an cloigín.

Shiúlfadh sé an chuid eile den bhealach. Shiúlfadh sé go mall é. Go han-mhall. Siúl ar éigean. Ní bheadh sé ar an gcéad duine ann. Chaithfeadh Jimmy fanacht leis. Den chéad uair riamh ina shaol.

Go tobann chas an bus ar chlé agus thit Danny isteach i gceann de na suíocháin. Is beag nár thit sé ar sheanbhean a bhí suite le taobh na fuinneoige.

"Gabh mo leithscéal," arsa Danny.

D'éirigh sé ina sheasamh arís.

"Seachain thú féin, a stór," arsa an tseanbhean go cineálta.

Bhí a éadan deargtha. D'airigh sé a chuid pluc ag téamh. Shiúil sé go cúramach chomh fada leis an doras. "Bíodh lá deas agat," arsa an tiománaí, agus d'imigh an bus leis chomh sciobtha gur beag nár bhain sé an tóin de Danny.

D'fháisc sé a sheaicéad timpeall air féin. Bhí sé fuar. D'aithneofá go raibh báisteach ar an mbealach ach ní raibh sí baileach tosaithe fós.

Ghlac Danny a chuid ama.

Aithníonn An Fhuil A Chéile

Bhreathnaigh sé arís ar an uaireadóir. Dá dtógfadh sé deich nóiméad air Tigh Todd a bhaint amach ní bheadh sé ach cúig nóiméad mall. Níor leor sin. Bheadh Jimmy féin cúig nóiméad mall ar aon chaoi. Ar a laghad. Bíonn sé mall i gcónaí. Nó, bhíodh sé mall i gcónaí fiche bliain ó shin.

Bhí a fhios ag Danny go maith nach raibh sé ag tabhairt chothrom na Féinne dó. Bhí breis agus fiche bliain caite ó bhí air fanacht le Jimmy. Tagann athrú ar dhaoine. Níor mar a chéile anois iad, ceachtar acu. Bhí Danny athraithe. Is dócha go mbeadh Jimmy athraithe freisin.

Ní dhearna sé aon deifir mar sin féin. Ní raibh nóisean aige siúl isteach Tigh Todd roimh Jimmy.

A Ceathair

"Cén aois thú?" arsa fear an bheáir.

"Bliain is fiche," arsa Jimmy, agus é ag breathnú isteach sna súile air.

Bhí Jimmy seacht mbliana déag d'aois.

Chrom fear an bheáir a chloigeann i dtreo Danny.

"Agus do dheartháir beag?"

"Tá seisean dhá bhliain is fiche," arsa Jimmy.

Is beag nár thit Danny as a sheasamh. Ní raibh sé ach sé bliana déag.

Tigh Todd a bhí siad, an t-aon teach tábhairne nach mbíodh a n-athair ann.

Bhí sé dorcha istigh ann. Dorcha, ciúin, rúnda, iontach. Theastaigh ó Danny fanacht ann.

Bhreathnaigh fear an bheáir ar Danny le miongháire. Bhí a fhios aige go maith gur ag insint bréige a bhí Jimmy. Ach ligtí rudaí mar sin le Jimmy i gcónaí. Dá mba é Danny a déarfadh é, chaithfí amach é.

"Céard a bheidh agaibh?"

"Dhá phionta Guinness," arsa Jimmy.

Is beag nár thit Danny as a sheasamh arís. Bhí sé seo pléite agus aontaithe acu sular tháinig siad isteach. Smithwicks. Smithwicks a bheadh acu. Stuif láidir a bhí sa Guinness. Róláidir do bheirt óga le tosú amach air. Chaithfeá a bheith cúramach leis an Guinness.

"Dhá phionta mar sin," arsa fear an bheáir. "Ach gabh i leith. Amach anseo, ná habair ach 'Dhá phionta'. Níl aon ghá an Guinness a lua. I mBaile Átha

Cliath atá sibh. Céard eile a bheadh ann?"

Chonaic Danny an dath ag teacht ar éadan Jimmy.

"A phleota," arsa Danny, nuair a d'imigh fear an bheáir ag tarraingt na bpiontaí.

"Cé hé an pleota?" arsa Jimmy.

"Dhá phionta," arsa Danny.

"Dún é anois, maith an fear, sula mbuailfidh mé thú," arsa Jimmy.

An 28ú lá de mhí Meithimh. 1973. Dé Sathairn a bhí ann. Trí nóiméad tar éis a hocht a chlog. Chuimhnigh Danny go maith air. An chéad uair sa teach tábhairne dóibh. An bheirt acu le chéile. Deartháireacha Uí Mhurchú.

Ghlac fear an bheáir a chuid ama. Sheas siad ag an mbeár. Mallacht Dé air. Bhí sé chomh mall le rud ar bith. Theastaigh uathu na piontaí a fháil go bhféadfaidís dul i bhfolach i gcúinne dorcha éigin. Baineadh geit as Danny gach uair a osclaíodh an doras. Bhí sé cinnte gurbh é a n-athair a bheadh ann.

"Ná bí ag breathnú air," arsa Jimmy.

Seo chucu arís fear an bheáir, na piontaí ina lámh aige.

"Ag fanacht le duine éigin?" arsa fear an bheáir.

"Ní hea," arsa Jimmy.

"Deaide, b'fhéidir?" arsa fear an bheáir.

"Tá sé marbh," arsa Jimmy.

Is beag nár thit Danny as a sheasamh, den tríú huair anois.

"'Sé an trua é," arsa fear an bheáir. "Ní maith liom bhur dtrioblóid. Ní raibh an chuma air go raibh aon rud ag cur as dó nuair a bhí mé amuigh ar an ngalfchúrsa leis Dé Sathairn."

Chonaic Danny an dath ag teacht ar éadan Jimmy arís. Labhair Danny amach.

"Ní imríonn Deaide s'againne galf," a dúirt sé. Bhí a fhios aige an méid sin.

"Ní *imríonn*?" arsa fear an bheáir. "Dúirt tú go raibh sé marbh."

"Ní *imríodh*," arsa Danny. "Roimh a bhás. Ní imríodh sé galf riamh."

Ag magadh a bhí fear an bheáir. D'aithin Danny anois air é.

"Caithfidh gur duine éigin eile a bhí ann," arsa fear an bheáir.

"Caithfidh sé gurbh ea," arsa Danny.

"Fear eile darb ainm Ó Murchú is dócha," arsa fear an bheáir.

"Sin é," arsa Danny.

"Bainigí taitneamh as na piontaí," arsa fear an bheáir.

"Buíochas le mac Dé," arsa Danny, leis féin.

Rug sé ar an bpionta agus rith sé chuig boirdín beag a bhí sáinnithe sa choirnéal is faide ó fhear an bheáir.

Bhí Jimmy ann roimhe.

"Ní imríonn sé galf, an imríonn?" arsa Jimmy.

"Fear an bheáir?"

"Ní hea!" arsa Jimmy. "Deaide."

"Ní cheapfainn é," arsa Danny. "Níl aon mhaidí aige. Agus bíonn sé ag obair ar an Satharn. Ach cén chaoi a raibh a fhios aige gurb é Ó Murchú atá orainn?"

"Arach, nach cuma?" arsa Jimmy. "Sláinte mhaith."

D'ardaigh sé a phionta. D'ardaigh Danny a cheannsa. Fuair Danny an boladh nuair a tharraing sé an pionta níos gaire dá bhéal. Níor thaitin sé leis. Le cúnamh Dé bheadh an blas níos deise ná an boladh. Chuir sé lena bhéal é, an gloine coinnithe chomh fada óna shrón agus a d'fhéad sé.

Níor bhlais sé rud ar bith cosúil leis riamh ina shaol. Bhí sé uafásach, déistineach. Bhí sé lofa. Bhí fonn múisce air. Bhí sé cinnte go gcaithfeadh sé amach. Bhí fonn air dul abhaile.

Leag sé uaidh an ghloine.

"Go hálainn," a dúirt sé.

Leag Jimmy a phionta féin uaidh.

"Tá, cinnte," arsa Jimmy.

Bhreathnaigh Danny ar phionta Jimmy. Is ar éigean go raibh deor ólta aige. Bhí sé beagnach lán, cosúil le ceann Danny.

Ach tar éis trí cinn eile a ól, bhí sé thar a bheith blasta.

Shuigh siad taobh le chéile, á líonadh féin le Guinness. Bhreathnaigh siad ar fhir agus ar mhná ag teacht is ag imeacht. Bhí siad ar a gcompord anois, timpeallaithe ag deatach tobac agus caint.

"Ní maith liom do cheannsa," arsa Jimmy.

Dúirt sé é gach uair a thiocfadh bean isteach sa bheár. Tar éis trí phionta, bhí Danny sna tríthí ag gáire faoi. "Ní maith liomsa do cheannsa," a dúirt sé nuair a shiúlfadh fear isteach.

B'fhir anois iad. D'airigh an bheirt acu é. Bhí siad ag fás aníos le chéile. Deartháireacha Uí Mhurchú.

Agus, cinnte, chaith Danny amach.

Ar an mbealach abhaile.

Taobh amuigh den siopa sceallóg.

D'oscail sé a bhéal agus amach leis an Guinness chomh maith le gach sórt eile a bhí ite nó ólta aige ón lá a rugadh é.

"A Mhaighdean!" a dúirt sé.

Thriomaigh sé a shúile. Nuair a d'oscail sé arís iad, chonaic sé go raibh Jimmy ag caitheamh amach freisin, díreach in aice leis.

A Cúig

Bhí a fhios ag Danny cár chaith sé amach an oíche sin. Cúig bliana is fiche ó shin. Níos faide. Sé bliana is fiche. Ach chuimhnigh sé ar an áit i gcónaí. Taobh amuigh den siopa sceallóg, in aice leis an mbosca poist.

Bhreathnaigh sé ar an talamh ann. Bhí sé glan. Bhí múisc Danny glanta ag sé bliana is fiche de bháisteach. Chomh maith le múisc Jimmy.

Agus ní siopa sceallóg a bhí sa siopa sceallóg a thuilleadh. Ceantálaí a bhí anois ann. Sheas Danny ag an bhfuinneog. Chaithfeadh sé sin cúpla nóiméad eile. Bhí sé róluath fós le dul isteach Tigh Todd le bualadh le Jimmy. Bhreathnaigh sé ar na tithe a bhí le díol.

Praghas na dtithe! Go sábhála Dia sinn. £120,000 a bhí ar thithe cosúil leis an gceann ar fhás sé féin aníos ann. Airgead aisteach. Is iomaí mála sceallóg a gheofá ar an airgead sin.

D'aithin sé cuid de na tithe a raibh a bpictiúir crochta san fhuinneog. Bhí a fhios aige cé a chónaíodh ann nuair a bhí sé ina ghasúr. £115,000 a bhí ar theach na Caillí. An Chailleach a tugadh uirthi mar nár bhain sí di a cóta riamh, agus mar nach raibh fear ná clann aici. Is dócha go mbeadh an Chailleach imithe ar shlí na fírinne anois faoin am seo. Is é Danny a bhaist an t-ainm sin uirthi.

Ba é sin ról Danny agus iad ina ngasúir. Is eisean a chum na leasainmneacha.

D'aithin sé ceann eile de na tithe a bhí le díol. Uimhir 26. Dhá theach síos óna theach féin. Chónaigh an tUasal Cúpla-Slisín-Liamháis ansin.

Tháinig miongháire ar Danny.

Chuimhnigh sé an fáth ar tugadh an leasainm sin air.

A Sé

"Builín bán agus dhá phionta bainne," arsa Billy Ó Duinn le Kay, an cailín sa siopa.

Bhí Danny trí bliana déag d'aois. Bhreathnaigh sé ar Kay ag tógáil bhuilín Billy ón tráidire. Bhí sí go hálainn. Ghabhadh Danny chuig an siopa dá mháthair i gcónaí, le go bhfeicfeadh sé Kay. Chuaigh Billy Ó Duinn chuig an siopa dá mháthair freisin. Ach bhí Billy Ó Duinn dhá scór bliain d'aois.

"Ó 'sea," arsa Billy Ó Duinn. "Is beag nach ndearna mé dearmad. Agus cúpla slisín liamháis freisin, mura miste leat."

Sin é. Bhaist Danny an leasainm air agus faoi dheireadh an lae sin, an tUasal Cúpla-Slisín-Liamháis a bhí ar Billy Ó Duinn. Chomh simplí leis sin. Agus an tUasal Cúpla-Slisín-Liamháis a bhí air as sin amach. Thugadh máthair agus athair Danny an tUasal Cúpla-Slisín-Liamháis air, fiú. Sa deireadh, thugadh an tAthair Clarke, an sagart paróiste, an tUasal Cúpla-Slisín-Liamháis air, fiú.

Bhí Billy Ó Duinn dhá scór bliain d'aois agus bhí cónaí air i dteach a mháthar i gcónaí.

"Ba cheart di é a chaitheamh amach," a deireadh athair Danny go minic. "Ba cheart dó cailín deas a fháil dó féin."

"Cé a ghabhfadh in éindí leis?" a deireadh a mháthair.

Ach ansin cailleadh máthair Billy Uí Dhuinn agus ní raibh sí seachtain féin sa talamh go raibh cailín faighte ag Billy Ó Duinn. Agus bhog sí isteach sa teach leis.

"Cailín?" arsa máthair Danny. "Tá sí ar a laghad trí scór bliain d'aois."

Shuigh Danny agus Jimmy ar an gclaí taobh amuigh de theach Billy Uí Dhuinn. Ag fanacht le Billy Ó Duinn a bhí siad. Bhí siad ag iarraidh an cailín seo a fheiceáil. Thagadh Billy Ó Duinn abhaile ón obair ag an am céanna gach lá. Deich nóiméad chun a sé. Thuirlingíodh sé den bhus céanna gach lá.

"Deir Mamaí go bhfuil sí trí scór bliain d'aois," arsa Danny.

"Deir Deaide nach bhféadfadh sí a bheith os cionn caoga a cúig," arsa Jimmy.

"Tá sí níos sine ná Billy mar sin féin," arsa Danny.

"Cúig bliana déag níos sine," arsa Jimmy.

"Fiche bliain, b'fhéidir," arsa Danny.

Ní raibh Kay, cailín an tsiopa, ach ceithre bliana níos sine ná Danny. Ach thuig Danny nach raibh seans aige. Bhí

Kay ag siúl amach le Ken Ó Broin. Bhí Ken Ó Broin fiche bliain d'aois agus bhí gluaisrothar aige. Céard a bhí ag Billy Ó Duinn? Ní raibh fiú amháin gnáthrothar aige sin.

"Seo chugainn iad," arsa Jimmy.

Thuirling Billy Ó Duinn den bhus. Lean a chailín é.

"Bhí dul amú orthu," arsa Jimmy.

"Bhí, m'anam," arsa Danny.

Ní raibh sí chomh sean sin ar chor ar bith. Ní raibh sí dada níos sine ná Billy Ó Duinn ar aon chaoi. Ní déarfá gur cailín í, ach ní seanbhean a bhí inti ach an oiread. Bean a bhí inti. Bean cheart. Bean cheart, dhathúil. Agus bhí sí ag breith ar lámh Billy Uí Dhuinn. Bhí cuma shásta ar an mbeirt acu agus iad ag siúl suas an bóthar.

D'fhan Danny agus Jimmy ar an gclaí.

Bhí béaldath uirthi. Bhí sála arda uirthi. Bhí mála le strapa óir lena taobh. Rinne sí miongháire le Danny agus Jimmy.

"Cén chaoi a bhfuil tú, a Uasail Chúpla-Slisín-Liamháis?" arsa Jimmy.

"Cén chaoi a bhfuil tú, a Bhean Chúpla-Slisín-Liamháis?" arsa Danny.

Léim siad anuas ón gclaí agus d'imigh siad leo ar cosa in airde.

D'airigh siad Billy Ó Duinn ag glaoch ina ndiaidh.

"Gabhaigí i leith ar ais anseo!"

D'airigh siad cailín Billy Uí Dhuinn.

"Ná tabhair aon aird orthu, a William," a bhéic sí amach. "Níl iontu ach GASÚIR bheaga. Na créatúir!"

Rith Danny agus Jimmy agus iad sna tríthí. D'airigh siad cailín Billy Uí Dhuinn arís.

"GASÚIR bheaga! Ag rith leo! Ní fiú iad a leanúint!"

A Seacht

Bhí Danny fós ina sheasamh os comhair fhuinneog an cheantálaí.

Bhí 'sé fós ag breathnú ar theach Billy Uí Dhuinn. Bhí drochbhail air. Níor péinteáladh ó shin é. Bhí cuma bheag, liath air. Shílfeá gur ag leá isteach sa talamh a bhí sé. Agus ina dhiaidh sin féin, b'fhiú £115,000 é.

Bhí Billy Ó Duinn caillte. Cailleadh é dhá lá tar éis dó éirí as an obair. Ach ní hé gur cailleadh é mar nárbh fhiú dó maireachtáil. Bhuail bus faoi. An bus céanna a dtagadh sé abhaile ón obair

air. Mura n-éireodh sé as, bheadh sé ar an mbus sin in áit a bheith faoi. Sin a dúirt Danny nuair a d'inis a mháthair dó faoin timpiste.

"Go maithe Dia duit é," arsa a mháthair. Díreach sular thosaigh sí ag gáire.

Ní raibh a fhios ag Danny céard a tharla do chailín Billy Uí Dhuinn. Bhog sí amach as an teach agus níor airigh siad dada fúithi ina dhiaidh sin.

Chaith cailín Billy Uí Dhuinn blianta ag cur isteach ar Danny, ó bhí sé trí bliana déag go raibh sé seacht mbliana déag d'aois. De bharr gur thug sé Bean Chúpla-Slisín-Liamháis uirthi. Gach lá beo ina dhiaidh sin, ar feadh ceithre bliana, bhain sí a díoltas amach. Ní éisteadh sí leis. Dhéanadh sí miongháire leis. Chaochadh sí súil air. Bhain sí liomóg as a thóin fiú, geábh amháin agus iad ag teacht amach as an Aifreann.

Ní ligfeadh sí leis ar chor ar bith. Bhí an-chion ag Danny ar Kay ón siopa, fiú má bhí sí ag siúl amach le Ken Ó Broin leis an ngluaisrothar. Bhí sé i ngrá léi. Ba é sméar mhullaigh an lae do Danny dul isteach sa siopa le breathnú uirthi. Ach nuair a luíodh sé siar ar an leaba faoi dhorchadas na hoíche, ní fhéadadh sé cailín Billy Uí Dhuinn a dhíbirt óna intinn. Níor theastaigh uaidh a bheith ag smaoineamh ar chailín Billy Uí Dhuinn i gcónaí. Ní raibh sé á iarraidh. Níor thaitin sí leis. Bhí an ghráin aige uirthi. Ach gach uair a dhúnadh sé a chuid súl, is ise a d'fheiceadh sé in áit Kay.

Anois, cúig bliana is fiche ina dhiaidh – níos faide – tháinig miongháire ar éadan Danny. Ach ag an am ní bhíodh dada barrúil faoi. Stop sé ag siúl thar theach Billy Uí Dhuinn. Stop sé ag dul chuig an siopa dá mháthair. Stop sé fiú amháin ag suí ar an gclaí ag ceann an bhóthair. An geábh deiridh a chuaigh sé le suí ar an gclaí ag breathnú faoi agus thairis, bhí cailín Billy Uí Dhuinn ann roimhe, suite ar an gclaí, ag fanacht leis. Chroith sí lámh air.

Rith sé an bealach ar fad abhaile. Níor fhág sé an teach ar feadh laethanta fada ina dhiaidh sin. Faoin am a ndeachaigh sé chuig an siopa arís, ní raibh Kay ag obair ann a thuilleadh. Cailín Billy Uí Dhuinn a bhí ag obair ann.

Rinne sí miongháire air nuair a tháinig sé isteach.

"An bhfuil aon chúnamh uait?" a dúirt sí.

"Níl!" a bhéic Danny amach.

Rith sé amach as an siopa.

Bhí faitíos a shaoil air go gcloisfeadh Jimmy faoi chailín Billy Uí Dhuinn.

Agus chuala.

Ní dhéanfadh Danny dearmad go brách air.

Rug Jimmy agus beirt chairde leis, Ben Ó Dálaigh agus Ringo Ó Mochain, ar Danny. Cheangail siad le téad é. Cheangail siad a chuid cos le chéile agus cheangail siad a lámha taobh thiar dá dhroim. Bhrúigh siad ciarsúr isteach ina bhéal.

Bhí a fhios ag Danny a raibh ar siúl acu.

Chroch siad leo é.

Bhí a fhios ag Danny cá raibh a dtriall.

Chroch siad chomh fada le teach Billy Uí Dhuinn é. Isteach tríd an ngeata agus suas an cosán. D'fhág siad ar leac an dorais é agus bhuail siad an cloigín.

Chuir Jimmy cogar i gcluas Danny.

"Slán anois, a Danny," a dúirt sé. "Abair léi go raibh mé ag cur a tuairisce."

Rith sé ansin, i ndiaidh Ben agus Ringo. Bhí Danny in ann iad a chloisteáil ag gáire.

D'fhan sé. Bhí na téada rótheann. Ní raibh sé in ann corraí. D'fhan sé go n-osclófaí an doras. Ach níor tharla dada. Níor tháinig aon duine chuig an doras. Ní raibh duine ar bith sa bhaile. Ach fós ní raibh Danny in ann corraí. Bhí sé sáinnithe.

Bhí sé fós ann cúig uair an chloig ina dhiaidh nuair a d'fhill Billy Ó Duinn agus cailín Billy Uí Dhuinn ón obair. Bhí sé ina chodladh nuair a tháinig siad air.

Dhúisigh sé agus Billy Ó Duinn ag tarraingt an chiarsúir amach as a bhéal.

An chéad rud a d'airigh sé ná glór chailín Billy Uí Dhuinn.

"Á, nach deas é?"

Ní dhéanfadh Danny dearmad air go deo na ndeor.

Thug siad isteach sa teach é agus bhí dinnéar aige leo. Billy Ó Duinn a réitigh é. Ní raibh acu ach dhá ghríscín ach ghearr Billy Ó Duinn iad go mbeadh feoil ar na trí phláta.

"Is deas an gríscín é sin, a William," arsa cailín Billy Uí Dhuinn.

"Go raibh maith agat, a choinín bhig," arsa Billy Ó Duinn.

Agus bhí sceallóga Billy Uí Dhuinn ar na cinn is blasta a d'ith Danny riamh.

"Cé a d'fhág mar sin thú?" a d'fhiafraigh cailín Billy Uí Dhuinn de Danny.

"Mo dheartháir," arsa Danny.

"An ndéanann sé go minic é?" a d'fhiafraigh sí.

"Ní dhéanann," arsa Danny.

Bhí siad go deas ach b'fhada leis imeacht ón teach. Rith Billy Ó Duinn ina dhiaidh nuair a d'fhág sé.

"Fan soicind," a dúirt sé. "D'fhág tú an téad i do dhiaidh."

Thug sé an téad do Danny.

"Go raibh maith agat," arsa Danny.

Bhreathnaigh Danny ar an teach trí fhuinneog an cheantálaí arís. Ní raibh drochbhail air an t-am sin. Bhí Billy Ó Duinn sásta. Ní dúirt Danny le duine ar bith riamh go dtugadh Billy Ó Duinn "coinín beag" ar a chailín.

D'iompaigh Danny a chúl leis an bhfuinneog. Bhí sé in am imeacht. Bheadh sé deich nóiméad mall. Bheadh sé sin togha. Bhí sé in am bualadh le Jimmy.

A hOcht

D'oscail Danny an doras agus shiúil sé isteach Tigh Todd. Bhí an beár dorcha. Bhreathnaigh sé thart. Ní raibh Jimmy ann. Ní raibh aon duine ann a raibh cuma Jimmy air. Go deimhin, ní raibh duine ar bith ann. Bhí an áit folamh.

"An bastard," arsa Danny.

"Mise?" a dúirt duine éigin.

Ní raibh Danny in ann deoraí a fheiceáil fós.

"Ní tú," arsa Danny. "Gabh mo leithscéal, ag caint liom féin a bhí mé."

Aithníonn An Fhuil A Chéile

Is ansin a chonaic sé cloigeann duine. Agus ansin an chuid eile den chorp ag teacht aníos taobh thiar den chuntar. Fear an bheáir. Bhí Danny in ann é a fheiceáil anois. An fear céanna a thug a gcéad phiontaí do Danny agus Jimmy blianta fada ó shin. Bhí sé níos sine agus níos raimhre anois. Ach, sin ráite, nach amhlaidh a bhí Danny féin.

"Ag cuardach duine éigin a bhí mé," arsa Danny.

"An bhfuil aithne agamsa air?" arsa fear an bheáir.

"Mo dheartháir."

"Ní cheapaim go bhfuil aithne agam air," arsa fear an bheáir. "Bhí leaid rua le gruaig fhada istigh píosa ó shin. An é sin é?"

"Ní hé," arsa Danny. "Ní cheapaim é ar aon chaoi."

"Nach gceapann tú?" arsa fear an bheáir. "Nach bhfuil a fhios agat cén chuma atá ar do dheartháir?"

Cén dath a bhí ar ghruaig Jimmy arís? Bhí Danny á cheistiú féin. Donn, shíl se. Dubh, b'fhéidir, ach is cinnte nach raibh sé rua. Agus gruaig fhada? Níor cheap Danny go mbeadh gruaig fhada ar Jimmy ach ní raibh a fhios aige go cinnte. D'fhanfadh sé go bhfeicfeadh sé.

"Ní fhaca mé le píosa é," arsa Danny.

Shiúil sé anonn chuig an mbeár.

"Le píosa?" arsa fear an bheáir. "Fásann a ghruaig sciobtha, an bhfásann?"

Bhí a dhóthain ag Danny den chaint seo.

"Beidh pionta Guinness agam, le do thoil, agus ná bí ag cur do ladair isteach i rudaí nach mbaineann leat."

Bhreathnaigh fear an bheáir ar Danny.

"Cén aois thú?" a d'fhiafraigh sé.

"Aithníonn tú mé," arsa Danny.

"Aithníonn," arsa fear an bheáir. "Ní dhéanaim dearmad ar dhuine ar bith."

Tháinig miongháire air.

"An bhfuil tú os cionn ocht déag?" a d'fhiafraigh sé.

"Tá mo chuid gasúr os cionn ocht déag," arsa Danny.

"Go bhfóire Dia ort," arsa fear an bheáir. "Cuimhnigh ormsa. Tá mo chuidse garpháistí os cionn ocht déag."

"Tá cuma bhreá ort," arsa Danny.

"Nach bhfuil a fhios agam é," arsa fear an bheáir. "Fear slachtmhar a bhí ionam riamh."

"Níl mórán thart anocht," arsa Danny agus é ag breathnú ar an bpionta á tharraingt.

"Ní bhíonn," arsa fear an bheáir.

"Nach mbíonn?" arsa Danny.

"Níl tú ag cónaí thart anseo a thuilleadh, an bhfuil?" arsa fear an bheáir.

"Níl," arsa Danny.

"Sin freagra do cheiste anois," arsa fear an bheáir. "Tá an seandream uilig caillte nó bogtha amach anois. Níl thart ach an dream óg anois. Agus ní thiocfaidís sin isteach in áit mar seo. Níl sé ina thábhairne áitiúil ag aon duine níos mó."

Bhí trua ag Danny don fhear ach ní raibh sé in ann cuimhneamh ar aon rud le rá leis.

"Cén chaoi a bhfuil do mháthair?" arsa fear an bheáir.

"Tá sí togha," arsa Danny. "Ní raibh a fhios agam go raibh aithne agat uirthi."

"Níl," arsa fear an bheáir. "Bhí aithne agam ar do dheaide."

Leag sé an pionta os comhair Danny.

"D'inis sé dom fút féin agus faoi do dheartháir," arsa fear an bheáir.

Chrom sé a chloigeann i dtreo an phionta.

"Trí phingin is fiche, más é do thoil é," a dúirt sé.

"Gabh mo leithscéal?" arsa Danny.

Aithníonn An Fhuil A Chéile

"Trí phingin is fiche," arsa fear an bheáir. "Sin an praghas a bhí ar phionta an chéad uair a tháinig tú isteach anseo. So, caith chugam trí phingin is fiche, maith an fear. I gcuimhne na seanlaethanta."

"Go raibh míle maith agat," arsa Danny.

Chuala sé an doras á oscailt taobh thiar de.

A Naoi

Chuala Danny an doras. D'airigh sé gaoth fhuar ar a mhuineál tríd an doras isteach. Chuala sé an doras á dhúnadh. D'iompaigh sé thart.

"Cén chaoi a bhfuil tú, a Jimmy?" a dúirt sé.

"Ach, breathnaigh ortsa anois," arsa Jimmy.

Sheas sé ag an doras.

"Mo dheartháir beag óg," a dúirt sé.

Níor chorraigh sé.

"Tá cuma bhreá ort," arsa Danny.

Aithníonn An Fhuil A Chéile

Ba í sin an fhírinne. D'fheil an aois go maith do Jimmy. Bhí níos mó gruaige air ná a bhí ar Danny. Agus ní raibh sé chomh ramhar. Bhí culaith éadaí dhaor air.

Agus cén chaoi a raibh Danny ag aireachtáil faoin bhfear seo, a dhearthair, fear breá, go maith as, a bhí ag seasamh os a chomhair? Go maith. D'airigh Danny go maith. D'airigh sé go hiontach. Bhí ríméad air Jimmy a fheiceáil. Bhí miongháire mór, fírinneach air. Bhí fonn gáire air. Is é an Jimmy céanna a bhí os a chomhair.

Léim sé dá stól agus shiúil sé chuig Jimmy. Shín sé amach a lámh.

"Is maith liom tú a fheiceáil," a dúirt sé.

Agus b'fhurasta a aithint ar Jimmy go raibh seisean sásta Danny a fheiceáil freisin.

Chroith siad lámh le chéile agus thug siad barróg dá chéile, agus bhí fonn caointe ar Danny. Shílfeá go raibh sé ar deoraíocht le blianta, agus go raibh sé anois díreach fillte ar a bhaile.

"An bhfuil Bean Chúpla-Slisín-Liamháis marbh?" arsa Danny nuair a sheas siad siar óna chéile.

"Níl, ar m'anam," arsa Jimmy. "D'imigh sí le cúpla slisín deas turcaí di féin."

Is é an Jimmy céanna a bhí ann.

"Beidh pionta agat," arsa Danny.

"Beidh, cinnte," arsa Jimmy.

"An ólann tú Guinness i gcónaí?" arsa Danny?

"Ólaim, agus mé sa bhaile," arsa Jimmy.

"Céard a ólann tú thall?" arsa Danny.

"Rud ar bith a mbíonn fáil agam air," arsa Jimmy.

D'iarr Danny an pionta ó fhear an bheáir. Ní dúirt fear an bheáir dada. D'fhan sé amach uathu, thíos ag an taobh eile den bheáir.

"Ní hí sin an fhírinne, dála an scéil," arsa Jimmy.

"Céard?" arsa Danny.

"An rud a dúirt mé faoin ól," arsa Jimmy. "Ní ólaimse ach ar éigean."

"Ná mise," arsa Danny. "Cúpla pionta anois is arís. Sin an méid."

"Cén chaoi a bhfuil an oiread meáchain ort mar sin?" arsa Jimmy.

Níor lig Danny dó féin a bheith oibrithe ná trína chéile. Is é an Jimmy céanna a bhí ann.

"Beatha," a dúirt sé.

"An iomarca beatha," arsa Jimmy.

"Ní hea," arsa Danny. "Mo dhóthain beatha, ach rómhinic. Sin an méid. Agus bhí meáchan le haireachtáil ort féin freisin nuair a thug mé barróg duit ansin."

"Is mór is fiú culaith mhaith do dhuine," arsa Jimmy.

Chuimil sé a sheaicéad.

"Ceileann sí go leor," arsa Jimmy. "Tabhair buille faoi thuairim cé mhéad a d'íoc mé uirthi."

"Ní thabharfaidh," arsa Danny.

"Níos mó ná a shaothrófá féin i gcaitheamh míosa," arsa Jimmy.

Arís, níor lig Danny dó féin a bheith oibrithe ná trína chéile. Is é an Jimmy céanna a bhí ann, cinnte. Clab mór air i gcónaí.

A Deich

Bhí Danny cúig bliana d'aois.

Sheas sé idir ghlúine Uncail Jim, sa chistin. Thaitin Uncail Jim leis. Thabharfadh sé leis milseáin ina phócaí i gcónaí nuair a thagadh sé chuig an teach. Ligeadh sé do Danny agus do Jimmy dul á gcuardach i gcónaí. Dhéanadh sé cinnte go n-aimseoidís an méid céanna milseán i gcónaí.

"Bhuel a Dan-Dan, an raibh tú go maith ag an scoil an tseachtain seo?" arsa Uncail Jim.

Dé Domhnaigh a bhí ann, an lá a thagadh Uncail Jim chuig an teach.

"Bhí," arsa Danny.

"Céard a d'fhoghlaim tú?" arsa Uncail Jim.

"Ní cuimhin liom," arsa Danny.

"Cé chomh maith is atá tú ag comhaireamh?" arsa Uncail Jim.

"Iontach," arsa Danny. "A haon, a dó, a trí, a ceathair…"

Go tobann, bhí Jimmy ann. Agus an chéad rud eile, bhí Jimmy ag seasamh idir ghlúine Uncail Jim agus bhí Danny ar an urlár.

"Tá mise thar cionn ag comhaireamh," arsa Jimmy. "An bhfuil tú ag iarraidh éisteacht?"

"Coinnigh ort," arsa Uncail Jim.

"A haon, a dó, a trí, a ceathair, a cúig, a sé, a seacht, a hocht…"

Nuair a bhí siad beirt sa leaba an oíche sin, bhrúigh Jimmy Danny.

"Ó Uncail Jim a fuair mise m'ainm," a dúirt sé. "Ní bhfuair tusa d'ainm ó aon duine."

"Más fíor sin, cén fáth ar Jimmy atá ort, seachas Jim?" arsa Danny.

"Jim a bheidh orm nuair a bheidh mé fásta," arsa Jimmy. "Níl ionat ach amadán."

"Ainmníodh mise i ndiaidh naoimh," arsa Danny.

"Naomh Danny?" arsa Jimmy. "Níor chuala mé trácht air riamh."

"Naomh Dónall," arsa Danny. "Bhain sé spíce amach as crúb leoin."

"Agus ansin d'ith an leon é mar is amadán a bhí ann, an oiread leatsa," arsa Jimmy.

Thosaigh Danny ag caoineadh ach níor chuala aon duine thíos staighre é.

"Pusachán, pusachán," arsa Jimmy. "Ní chaoineann daoine darb ainm Jim. Bíonn daoine darb ainm Danny i gcónaí ag caoineadh."

A hAon Déag

Leag fear an bheáir pionta nua ar an gcuntar.

"Pionta deas úr," a dúirt sé.

D'íoc Danny é. Thug sé an pionta do Jimmy agus chuaigh siad isteach sa choirnéal céanna inar shuigh siad an chéad uair a tháinig siad anseo. An bord ceannann céanna, na cathaoireacha céanna. Na mataí beorach céanna. Bhí péint nua ar na ballaí, áfach. Agus bhí pictiúr crochta nach mbíodh ann fadó. Grianghraf de Bhaile Átha Cliath a bhí ann, tógtha ó ingearán nó ó chrann tógála. "Baile Átha Cliath – Cathair Chultúir."

Shuigh siad.

D'ardaigh Jimmy a phionta.

"Sláinte mhaith," a dúirt sé.

"Sláinte," arsa Danny.

"Cén fad ó bhí muid anseo roimhe seo?" a d'fhiafraigh Jimmy.

"Scór bliain," arsa Danny. "Níos faide."

"I bhfad níos faide," arsa Jimmy. "Beagnach tríocha bliain. An cuimhin leat an oíche sin?"

"Is cuimhin liom go maith é," arsa Danny.

D'fhan siad ina dtost píosa. D'ardaigh Danny a phionta arís, ar mhaithe le rud éigin a dhéanamh.

"Bhuel, 'sé do bheatha," a dúirt sé.

"Sin é," arsa Jimmy. "Sláinte."

"Mar sin, a Jimmy," arsa Danny.

"Jim," arsa Jimmy.

"Céard é féin?" arsa Danny.

"Jim," arsa Jimmy. "Jim atá orm."

Bhí sé sách suarach, bhí a fhios ag Danny é. Ach ní raibh aon neart aige air.

"Cén uair a tharla sé sin?" a dúirt sé.

"I bhfad sular fhág mé ar aon chaoi," arsa Jimmy. "Mar sin, caith uait an tseafóid."

"Ceart go leor," arsa Danny. "A Jim."

"A Dan," arsa Jimmy.

"Danny atá orm," arsa Danny.

"Maith go leor," arsa Jimmy. "Theastaigh uaim é a chinntiú."

B'aisteach an rud é. Tar éis go raibh an oiread ama caite, cheapfá nach raibh siad scartha óna chéile riamh. Ag argóint cheana, ag caitheamh spallaí lena chéile. Ach ansin, ag an am céanna, bhí ríméad ar Danny a bheith ina chomhluadar. Ba dheacair é a thuiscint. Deirtear gur féidir grá a bheith agat do dhuine agus an ghráin a bheith agat ar an duine céanna. Bhí a fhios ag Danny go raibh an fhírinne sa mhéid sin.

"Mar sin," arsa Danny. "Céard a thug abhaile thú?"

"Tagaim abhaile sách minic," arsa Jimmy. "Geábh sa bhliain. Níos minice, amanna."

Bhí a fhios ag Danny an méid sin. Déarfadh a mháthair leis i gcónaí nuair a bheadh Jimmy le teacht abhaile, agus d'fhanfadh Danny amach ón teach baile i gcónaí go mbeadh Jimmy tar éis filleadh ar Londain.

Labhair Jimmy.

"Is éard a bhí i gceist agat ná cén fáth ar ghlaoigh mé ortsa?"

"'Sea," arsa Danny. "Sin é a bhí ann."

"Bhí sé i gceist agam é a dhéanamh roimhe seo," arsa Jimmy. "Gach uair a tháinig mé abhaile bhí mé chun glaoch ort. Bhí mé chun cuireadh a thabhairt duit agus do do bhean agus do do chlann teacht go Londain. Le haghaidh saoire bheag. Bhí sé i gcónaí ar intinn agam. Ach ansin déarfainn liom féin, cén fáth? Ní ghlaonn seisean ormsa riamh. Mar sin cén fáth a nglaofainn airsean."

Shlog Jimmy siar cuid dá phionta agus labhair sé arís.

"Agus chuirfinn geall go raibh tusa ag cuimhneamh ar an gcaoi cheannann chéanna. Cén fáth a ndéanfainnse é? Ní mise a thosaigh é seo. An bhfuil an ceart agam?"

Chlaon Danny a chloigeann.

"Aisteach an rud é," arsa Jimmy. "Fir mhóra cosúil linne á n-iompar féin ar nós gasúr. Agus rud eile a déarfainn."

Bhreathnaigh sé ar Danny.

Níor theastaigh ó Danny a bhéal a oscailt. Ní raibh sé de mhuinín aige.

Bhí faitíos air go dtosódh sé ag caoineadh. *Pusachán. Pusachán. Bíonn daoine darb ainm Danny i gcónaí ag caoineadh.* Mar sin níor scaoil sé amach ach focal amháin.

"Céard?"

"Dá mbeadh do chuid gasúr á n-iompar féin mar sin, chuirfinn geall go mbeifeá ag tabhairt amach dóibh. Nach bhfuil an ceart agam?"

Chlaon Danny a chloigeann.

"Mise freisin," arsa Jimmy.

Ní raibh a fhios ag Danny cé mhéad gasúr a bhí ag Jimmy. Bhí sé ráite sách minic ag a mháthair ach ní bhíodh sé ag éisteacht.

Thóg Jimmy blaiseadh eile dá phionta agus labhair sé arís.

"Ach, tá mé anseo anois."

Shín sé amach a lámh.

"Deas tú a fheiceáil, a Danny," a dúirt sé. "I ndáiríre. Agus má thosaíonn tú ag caoineadh imeoidh mé anois agus ní fheicfidh tú arís go deo mé."

Thosaigh siad ag gáire, agus lig Danny do na deora titim.

"An bhfuil tú ag caoineadh?" arsa Jimmy.

"Níl," arsa Danny. "Níl i ndáiríre."

Ach bhí.

"Bhí sí slachtmhar go maith mar bhean," arsa Jimmy. "Nach raibh?"

"Cé?" arsa Danny.

"Bean Chúpla-Slisín-Liamháis."

Chuimhnigh Danny air féin.

"Níor cheap mé ag an am é," a dúirt sí. "Ach dá bhfiafrófá anois díom é déarfainn go raibh sí go hálainn."

Chlaon Jimmy a chloigeann.

"Níl a fhios agam an maith nó olc an rud é sin a thagann le haois," a dúirt sé.

"Cén rud?" arsa Danny.

"Arach, tá a fhios agat féin," arsa Jimmy. "Go dtaitníonn mná de gach aois leat, chomh maith leis na mná óga."

"Caitheann sé an lá," arsa Danny.

"Tá an ceart ansin agat," arsa Jimmy. "Ní bheadh suim ar bith ag bean óg ionainne a thuilleadh ar aon chaoi. Agus an bhfuil a fhios agat seo?"

"Céard?"

"Ní dúirt mé seo le duine ar bith cheana."

"Coinneoidh mé agam féin é," arsa Danny.

"Bí cinnte go gcoinneoidh," arsa Jimmy.

"Abair leat," arsa Danny.

"Tá mé tar éis titim i ngrá le mo mháthair chéile."

Thosaigh Danny ag gáire.

"Is maith ann an gáire," arsa Jimmy. "Ach sin í an fhírinne."

Thosaigh Danny ag gáire arís. Ba chuimhin leis máthair chéile Jimmy. Ba chuimhin leis go maith í. Thriail sé gan cuimhneamh ar a hiníon, bean Jimmy. Tharla sé uilig píosa fada ó shin. Ba chuma faoi anois.

Lig sé gáire eile.

"Ní raibh neart ar bith agam air," arsa Jimmy. "Tá sí seachtó a seacht bliain d'aois agus is stumpa de bhean í."

D'ardaigh Danny a phionta.
"Mná," a dúirt sé.
"Sách ráite," arsa Jimmy.
D'ardaigh sé a phionta féin.
"Mná."

A Dó Dhéag

Bhí Danny agus Jimmy, ceithre bliana déag agus cúig bliana déag d'aois, sínte siar ar an trá ag breathnú ar na cailíní ag siúl anonn is anall. Bhí siad sna Sceirí don choicís deiridh de mhí Iúil. Bhí a n-athair ag imirt gailf dhá mhaide. Bhí a máthair níos faide síos ar an trá lena deirfiúr, achar maith ó Jimmy agus Danny.

"Is maith liom mo cheann féin ach ní maith liom do cheannsa."

"Ní maith liomsa do cheannsa."

"An cailín ard?"

"'Sin í."

"Leatsa í sin, a amadáin."

"Ní liomsa! Chonaic mise an cailín eile romhat."

"Cruthaigh é."

"Níl mé in ann."

"Liomsa í, mar sin."

"Níl sé sin cothrom."

"Sin é an saol."

An cailín a raibh siad ag argóint fúithi, ní cailín a bhí inti ar chor ar bith ach bean. Bhí sí cúpla bliain go maith níos sine ná iad. Níor bhreathnaigh sí orthu, fiú amháin, nuair a shiúil sí tharstu.

"B'fhéidir go bhfuil deirfiúr aici."

"Ní hí a deirfiúr atá uaim."

"B'fhéidir go bhfuil sí go deas."

"Ní hí an deirfiúr damanta s'aici atá uaim."

Chaith siad an lá ar fad ansin, sínte ar an trá. D'éirigh craiceann a ndroma níos deirge agus níos deirge. Bhí a fhios

Aithníonn An Fhuil A Chéile

acu go raibh siad á ndó ach ní raibh siad in ann stopadh ag breathnú ar na cailíní. Agus ar a gcuid máithreacha. Agus ar a gcuid deirfiúracha. Agus ar aintíní. Agus ar mhamónna. B'fhiú an dó gréine iad, agus an phian, agus na spuaiceanna.

Tháinig grúpa mór cailíní anuas ón mbóthar go dtí an trá.

"Breathnaigh," arsa Jimmy.

Rinne Danny an comhaireamh. Bhí seachtar acu ann, iad ar fad ag siúl ina threo. Bhí an chuma orthu go raibh siad ar fad ar comhaois le Danny.

"Breathnaigh orthu," arsa Jimmy.

"Tá mé ag breathnú orthu," arsa Danny.

Bhí siad ar fad éagsúil. Bhí duine acu ard. Bhí duine acu an-bheag. Bhí duine acu beagáinín ramhar, ach ní raibh sí róramhar. Duine acu tanaí. Triúr agus dath gréine orthu. Ceathrar deargtha ag an ngrian. Triúr agus gruaig fhionn orthu.

Duine agus gruaig rua uirthi. Beirt agus gruaig dhubh orthu. Srón ghleoite ar dhuine acu. Cluasa móra ar thriúr. Bhí beirt acu go hálainn ar fad. Bhí triúr acu nach raibh go hálainn ar chor ar bith.

Ach thaitin siad go léir go mór le Danny. Theastaigh uaidh éirí agus siúl anonn chucu. Theastaigh uaidh siúl isteach ina lár. Theastaigh uaidh labhairt leo. Theastaigh uaidh an chuid eile den lá a chaitheamh leo. Theastaigh uaidh gáire a bhaint astu.

Theastaigh uaidh go gcuirfeadh duine acu a lámh isteach ina lámh féin. Theastaigh uaidh an trá a shiúl lena taobh ag deireadh an lae. Ba chuma leis cé acu a bheadh ann, a fhad is go mbeadh duine acu ann. Ní raibh uaidh ach siúl ar an trá, lámh le lámh léi. Bhí sé éasca. Ní raibh le déanamh aige ach éirí agus siúl anonn chucu.

Ach ní fhéadfadh sé. Bhí a fhios aige nach bhféadfadh. Ní bheadh sé in ann dul anonn. Ní bheadh sé in ann labhairt leo. Bhí a fhios aige sin. Bhí an ghráin aige air féin dá bharr, agus ar na cailíní chomh maith. Tháinig focail ghránna, shuaracha isteach ina chloigeann. Theastaigh uaidh iad a bhéiceadh amach orthu.

"Gabh i leith," arsa Jimmy.

D'éirigh Jimmy agus shiúil sé anonn chuig na cailíní. Díreach mar sin. D'fhág sé Danny ina luí. Ar an trá. Leis féin. Bhreathnaigh sé ar Jimmy ag déanamh a bhealaigh anonn chuig na cailíní. Bhreathnaigh sé ar Jimmy ag suí síos leo. Chas Jimmy agus chroith sé a lámh air. Bhí sé ag iarraidh go leanfadh Danny é.

Chuaigh Danny i bhfolach taobh thiar den bhroimfhéar gainimh.

Chuala sé duine de na cailíní ag gáire. Jimmy a chuir ag gáire í.

"Éirigh i do sheasamh," arsa Danny leis féin.

"Éirigh. Níl sé deacair. Déan é. Seo do sheans. Lean Jimmy."

Ach níor fhéad sé.

D'fhan sé san áit ina raibh sé. Nuair a bhreathnaigh sé anonn arís, bhí na cailíní imithe agus Jimmy leo.

A Trí Déag

Sa teach tábhairne, chuimhnigh Danny ar an lá sin ar thrá na Sceirí.

Bhí Jimmy imithe chuig an mbeár leis na piontaí a fháil.

Chuimhníodh Danny go minic ar an lá sin. Bhí an scéal inste aige do roinnt mhaith daoine. D'inis sé dá bhean é níos mó ná geábh. An chéad uair a d'inis sé di é, thosaigh sé ag caoineadh. *Bíonn daoine darb ainm Danny i gcónaí ag caoineadh.* D'inis sé dá mháthair é chomh maith. Ní fios cé mhéad duine a raibh sé ráite aige leo thar na blianta.

Comhghleacaithe, fir i dteach tábhairne, mná ar chuir sé aithne orthu sular chas sé lena bhean. D'inis sé dóibh go léir é. Blianta fada i ndiaidh na heachtra. D'inis sé dóibh faoin gcaoi ar éirigh Jimmy agus ar fhág sé é leis féin. Jimmy i gcónaí ba chiontach. Danny i gcónaí ina dheartháir beag óg fágtha ina dhiaidh. Buachaill beag tréigthe.

Thuig sé anois é. Bréaga a d'inis sé dóibh ar fad. D'inis sé an scéal chomh minic, agus chomh fada sin, gur chreid sé féin ann. Níor inis sé riamh dóibh faoin spraoi a bhí acu an lá sin. Níor inis dóibh faoi Jimmy ag rá leis é a leanúint, faoi Jimmy ag croitheadh láimhe air. Níor inis sé riamh dóibh gurbh eisean a bhí róchúthail le Jimmy a leanúint.

Jimmy i gcónaí ba chiontach. Ach Danny a chum é – díreach mar go raibh Jimmy sách cróga le héirí agus beannú do na cailíní agus go raibh Danny róchúthail.

Aithníonn An Fhuil A Chéile

Lean súile Danny Jimmy agus é ag teacht ar ais ón mbeár leis na piontaí úra. Meas tú cé na cuimhní eile a bhí cumtha aige féin agus cé na cinn a bhí fíor?

Shuigh Jimmy.

"Céard faoi do mháthair chéile féin?" a dúirt sé. "Aon chuma uirthi?"

"Tá sí marbh," arsa Danny.

"Úps," arsa Jimmy.

D'ardaigh sé a phionta úr.

"Sláinte, arís," a dúirt sé.

Is ar éigean a bhí Danny in ann breathnú air anois. D'airigh sé go dona. Theastaigh uaidh rud éigin a rá ach ní raibh a fhios aige cá dtosódh sé.

Ach shábháil caint Jimmy é.

"An cuimhin leat an uair sin a rinne muid 'dearbháireacha fola' dínn féin?" arsa Jimmy.

"Is cuimhin," arsa Danny.

"Nach muid a bhí amaideach," arsa Jimmy. "Deartháireacha a bhí ionainn ar aon chaoi, ar ndóigh."

"'Sea," arsa Danny. "Sin é a dúirt mé ag an am."

Ba mhaith ba chuimhin le Danny é, agus bhí a fhios aige nach raibh sé á chumadh an geábh seo. Bhí sé ag cuimhneamh ar rud éigin a tharla, go cinnte.

"Ach ina ainneoin sin, rug tú ar mo lámh agus ghearr tú mo mhéar," arsa Danny le Jimmy.

"Ní raibh ann ach píosa spraoi," arsa Jimmy.

"Agus rud a d'fhág mise san ospidéal dá bharr," arsa Danny.

Bhreathnaigh Danny ar a mhéar. An mhéar fhada ar a lámh dheas. Chonaic sé an colm beag ar bharr na méire. D'ardaigh sé agus chas sé a lámh le go bhfeicfeadh Jimmy an colm.

"Breathnaigh," a dúirt sé.

"Céard?" arsa Jimmy.

"An colm," arsa Danny.

Aithníonn An Fhuil A Chéile

"Cén colm?" arsa Jimmy. "Ní fheicim tada."

Shín Danny a lámh níos gaire d'éadan Jimmy.

"An bhfeiceann tú anois é?" a d'fhiafraigh sé.

"Tá sé beag bídeach," arsa Jimmy.

Bhí Danny ag aireachtáil níos fearr anois. Ní bréaga a bhí ina chuid cuimhní ar fad, agus ní ag crochadh Jimmy san éagóir a bhí sé. D'aithin sé ar éadan Jimmy é. Ba chuimhin le Jimmy céard a rinne sé air an lá sin.

"Féadfaidh tú do lámh a chur síos anois," arsa Jimmy. "Tá an gortú mór feicthe agam."

Bhí a fhios ag Danny go raibh fearg ar Jimmy. Agus bhí Danny ag aireachtáil níos fearr arís dá bharr.

Bhí Jimmy ag stánadh ar an mbord.

A Ceathair Déag

Bhí Danny naoi mbliana d'aois, bhí Jimmy deich. Bhí siad amuigh i gceann de na páirceanna gar don teach. Níorbh fhada go mbeadh tithe nua á dtógáil uirthi, ach is páirc a bhí ann go fóill.

Ní raibh aon duine eile thart. Ní raibh ann ach Danny, Jimmy agus an scian.

"Cuir amach do lámh," arsa Jimmy.

"Ní chuirfidh," arsa Danny.

"Gabh i leith," arsa Jimmy. "A fhaiteacháin."

"Ní ghabhfaidh," arsa Danny.

Aithníonn An Fhuil A Chéile

Shuigh sé ar a chuid lámh.

"Caithfidh muid ár gcuid fola a mheascadh," arsa Jimmy. "Ní bheidh pian ann."

"Níl mé á iarraidh," arsa Danny.

"Caithfear é a dhéanamh más deartháireacha fola muid," arsa Jimmy.

"Ach is deartháireacha muid cheana," arsa Danny.

Chonaic sé Jimmy ag breathnú ar a chuid lámh. Bhrúigh sé níos faide síos faoina thóin iad.

Ach ansin chuir Jimmy an dallamullóg air. Le seanchleas ceart.

"Breathnaigh!" arsa Jimmy.

Dhírigh sé a mhéar os cionn chloigeann Danny.

Bhreathnaigh Danny suas ach ní raibh dada ann.

D'airigh sé méara Jimmy timpeall ar a rosta. Sula raibh sé in ann aon rud a dhéanamh faoi, tharraing Jimmy lámh Danny amach. Chonaic sé lann na scine á tarraingt go sciobtha ar bharr a mhéire.

Chonaic sé an fhuil. Chonaic sé gur baineadh geit as Jimmy.

"Ní hé sin a bhí uaim."

Chonaic sé an fhuil ag sileadh anuas óna mhéar, ar a lámh, síos a mhuinchille. Chonaic sé seangán ar an bhféar gar dá ghlúin. Chonaic sé dath a mhuinchille á athrú. Chonaic sé scamall a raibh cuma léarscáil na hÉireann air.

"Danny!"

D'airigh sé a chloigeann ag bualadh faoin talamh. Chonaic sé an féar, gach ribe féir ar dhroim an domhain. D'airigh sé an phian. An phian ar fad sa saol seo ar bharr a mhéire.

"Danny!"

D'airigh sé a chuid súl á ndúnadh.

Ní fhaca sé aon rud eile.

Níor airigh sé aon cheo eile.

A Cúig Déag

Sa teach tábhairne, bhí Jimmy ag stánadh ar an mbord. Bhí sé ag cuimhneamh ar an lá céanna.

Bhí seisean deich mbliana d'aois. Bhí Danny naoi mbliana d'aois.

Bhí Jimmy tar éis a mhéar féin a ghearradh cheana leis an scian. Bhí deoir bheag fola ar bharr na méire fada ar a lámh chlé. Deoirín fola ag fanacht le meascadh le fuil Danny.

Ach bhí a intinn athraithe ag Danny.

"Gabh i leith," arsa Jimmy. "A fhaiteacháin."

"Ní ghabhfaidh," arsa Danny.

Shuigh Danny ar a chuid lámh.

"Gabh i leith," arsa Jimmy. "Ní bheidh pian ann. Ní raibh pian ann. Breathnaigh."

D'ardaigh Jimmy a mhéar, an ceann a bhí gearrtha aige.

"Níl mé á iarraidh," arsa Danny.

Ansin bhuail Jimmy bob ar Danny. An seanchleas céanna a d'úsáid sé le Danny míle is céad uair roimhe sin. D'oibrigh sé gach uair. Dhírigh sé a mhéar os cionn chloigeann Danny.

"Breathnaigh!"

"Céard?" arsa Danny.

Bhreathnaigh sé suas sa spéir.

Rug Jimmy ar rosta Danny agus tharraing sé a lámh. Thriail Danny a lámh a tharraingt siar ach ansin stop sé. Bhreathnaigh Jimmy air.

"Ceart go leor?" a dúirt sé.

"Ceart go leor," arsa Danny.

Shín sé amach an mhéar fhada. Chuir Jimmy lann na scine ar bharr na méire.

Ach d'athraigh Danny a intinn arís. Theip ar a mhisneach. Thriail sé a lámh a tharraingt amach as glac Jimmy. Níor scaoil Jimmy leis. Tharraing Danny a lámh arís agus sciorr a mhéar ar an lann.

Bhreathnaigh Jimmy air.

Shílfeá go raibh an saol sioctha, d'imigh uaireanta an chloig. Ach ansin, chonaic sé an fhuil. Agus d'airigh sé fuacht ina chuid fola féin. Bhí fonn múisce air.

Bhí an fhuil ag sileadh amach as méar Danny. Ní raibh a fhios ag Jimmy céard le déanamh.

"Ní hé sin a bhí uaim," a dúirt sé.

Ní raibh sé in ann cuimhneamh ar aon rud eile.

Bhí lámh Danny dearg anois ina hiomláine. Chonaic Jimmy an fhuil ag sruthú isteach i muinchille Danny. Chonaic sé í ag titim anuas ar an bhféar.

Chonaic sé súile Danny á ndúnadh.

"Danny!"

Thit Danny siar. Bhuail a chloigeann faoin bhféar. Bhí sé tite i laige.

"Danny!"

D'éirigh Jimmy. Ní raibh neart ar bith ina chuid cos agus shíl sé nach seasfaidís faoi. Ach sheas. Bhreathnaigh sé anuas ar Danny.

Bhí éadan Danny geal. Shílfeá go raibh sé caillte. Ní raibh beocht ar bith ina éadan.

Lig Jimmy don scian titim ar an talamh. Chuimil sé pluca Danny. Bhí siad fuar.

"Danny!"

Bhí Jimmy ag caoineadh anois. Ní raibh an oiread seo faitís air riamh ina shaol. Bhí a dheartháir maraithe aige. Bhí Danny marbh. Ní raibh a fhios aige céard a dhéanfadh sé.

"Danny. Dúisigh!"

Thóg sé Danny. Bhí Danny trom, beagnach chomh mór le Jimmy. Ach thóg Jimmy go héasca é.

D'iompair sé Danny an bealach ar fad abhaile. Chonaic sé an fhuil ag titim anuas ar an talamh, ar an bhféar i dtosach, ansin ar an gcosán. Ach níor stop sé.

Thosaigh Danny ag geonaíl. Ba í an fhuaim ba dheise a chuala Jimmy riamh. Bhí Danny beo. Choinnigh Jimmy air.

D'oscail Danny a chuid súl.

"Tá brón orm, a Danny," arsa Jimmy. "An gcloiseann tú mé?"

"Cloisim," arsa Danny.

Ach dhún sé na súile arís.

D'iompair Jimmy an bealach ar fad abhaile é.

Bhuail sé cloigín an dorais agus d'fhan go dtiocfadh a mháthair nó a athair.

A Sé Déag

Sa teach tábhairne, bhí Danny fós ag breathnú ar an seancholm ar bharr a mhéire.

Bhreathnaigh Jimmy air.

Bhí allas ar chlár a éadain. Bhí sé an-te. Shílfeá go raibh sé tar éis Danny a iompar ón bpáirc abhaile chuig an teach arís. Anois, blianta ina dhiaidh – blianta fada ina dhiaidh – bhí a chroí ag bualadh go tréan ar nós nár tharla sé ach cúig nóiméad ó shin. D'airigh sé an talamh faoina chosa agus é ag rith ar nós na gaoithe. D'airigh sé corp Danny ina lámha.

Aithníonn An Fhuil A Chéile

D'ardaigh Danny a chloigeann agus chonaic sé Jimmy ag breathnú air.

"Céard atá ort?" arsa Danny.

Bhí Jimmy geal san éadan.

"Dada," arsa Jimmy.

Chuimil sé clár a éadain lena lámh.

"Ní tharlódh sé murach gur tharraing tú siar do lámh," a dúirt sé.

"Is agatsa a bhí an scian," arsa Danny.

"Is tusa a dúirt le Mamaí agus le Deaide gur sháigh mé thú," arsa Jimmy.

Ba mhaith ba chuimhin le Jimmy é. Ar an mbealach chuig Ospidéal Shráid Jervis. Bhí Danny ar chúl an chairr lena máthair agus bhí Jimmy chun tosaigh lena n-athair.

Bhí tuáille fáiscthe timpeall lámh Danny. Bhí sé ina dhúiseacht anois agus ag caoineadh.

"Sháigh sé mé, a Mhamaí!"

Ba mhaith ba chuimhin le Jimmy é. Bhí lámh a athar ar ais ar an roth stiúrtha sula raibh a fhios aige go raibh slais buailte air. Bhí a athair tar éis é a bhualadh le droim a láimhe.

Bhí blas fola ina bhéal ag Jimmy.

Sa teach tábhairne, d'oscail Danny a bhéal.

"Ní dúirt mé riamh gur sháigh tú mé," a dúirt sé.

"Dúirt," arsa Jimmy.

"Ní dúirt!"

Bhí cuma an-gheal agus an-ghránna ar na coilm ar mhuineál Jimmy. Agus ní raibh a dhóthain gruaig air a thuilleadh leis an gceann ar a bhaithis a chlúdach.

D'iompaigh Danny a chloigeann thart.

"Níl aon ghá leis an mbéiceadh," a dúirt sé.

Is é an Jimmy céanna a bhí ann, cinnte. É féin ba chiontach ach bhí sé ag iarraidh an milleán a chur ar Danny. Á chumadh de réir mar a d'fheil sé dó féin. Ag cur iachaill ar Danny glacadh leis.

Aithníonn An Fhuil A Chéile

Ba chuimhin le Danny an turas sin go dtí an t-ospidéal. Ba mhaith ba chuimhin leis é. Ní dúirt sé riamh lena mháthair agus lena athair gur sháigh Jimmy é. Ní dúirt sé dada dá shórt.

"Ag Jimmy a bhí an scian, a Mhamaí."

Sin an méid a bhí ráite aige.

"Ag Jimmy a bhí an scian, a Mhamaí."

Sin an méid.

"Cén scian?" arsa a mháthair.

"An scian aráin," arsa Danny.

"Mo sciansa?" arsa a mháthair.

Labhair sí le Jimmy.

"Is beag nár mharaigh tú do dheartháir, agus le mo sciansa a rinne tú é."

Thosaigh sí ag béiceadh ansin.

"Nach agat atá an muineál!"

Agus bhuail a n-athair slais ar Jimmy.

Anois, sa teach tábhairne, bhí fonn ar Jimmy slais a bhualadh ar Danny mar go raibh Danny tosaithe ag gáire.

"Cén sórt gáire atá ort?"

"Céard a tharla don scian?"

"Cén scian?" arsa Jimmy.

"An ceann lenar sháigh tú mé," arsa Danny.

Chrom Jimmy agus bhuail sé Danny sa chliabhrach.

"Níor sháigh mé thú ná baol air!"

Bhí an anáil bainte de Danny. Ní raibh sé in ann breith uirthi go ceann cúpla soicind. Rug sé greim ar an mbord. Chonaic sé fear an bheáir ag breathnú ina dtreo. Chonaic sé Jimmy ag breathnú air, réidh lena bhualadh arís.

Bhí fearg ar Jimmy. Anois agus é in ann a anáil a tharraingt arís, bhí Danny sásta faoi. Seo é an Jimmy ceart. Seo é an suarachán a bhíodh i gcónaí á chéasadh. Seo an fáth nach raibh baint ar bith aige leis le blianta fada. Agus bhí an ceart aige. Ní raibh ann ach bulaí. Agus ní bhuailfeadh Danny anois é. Sin an rud a theastaigh ó Jimmy a dhéanfadh sé.

Aithníonn An Fhuil A Chéile

Is é Jimmy a labhair amach ar dtús.

"Peata do mháthar i gcónaí," a dúirt sé.

"Ná bí chomh páistiúil sin," arsa Danny.

"Tusa atá páistiúil," arsa Jimmy. "Níor sheas tú an fód duit féin riamh. Bhí an milleán i gcónaí ar dhuine éigin eile. Bhí tú i gcónaí ag rith chuig Mamaí. Níor athraigh tú dada ó shin."

"Bailigh leat."

"Baileoidh mise liom nuair a bheidh mé réidh, a mhac," arsa Jimmy. "Tá mise i mo chónaí thall ansin le…"

Shín Jimmy a mhéar i dtreo dhoras an tí tábhairne ach thuig Danny gurbh í Londain a bhí i gceist aige. Bhí croitheadh ina ghlór ag Jimmy.

"Tá mise i mo chónaí thall ansin le fiche bliain mar gheall ortsa. An gceapann tú gur theastaigh uaim fágáil?"

"Ní mise a chuir iachall ort fágáil," arsa Danny.

"Is tú!" arsa Jimmy. "B'éigean do dhuine againn imeacht agus ní dhéanfása go brách é. Ní bheadh sé de mhisneach agat. Murach gur imigh mé bheinnse maraithe agatsa nó bheifeása maraithe agamsa. Níorbh aon naomh mise, tuigim é sin. Ach ar a laghad ar bith ní liginn orm féin gurbh ea. Mar a ligteá féin."

"Ba í mo chailínse í!" arsa Danny.

"Chomh fada agus a bhí sí féin á iarraidh," arsa Jimmy.

"Agus thug tusa póigín di," arsa Danny.

"Níor thug," arsa Jimmy. "Thug sise póigín domsa. Mise a bhí uaithi. Ní tusa. Bhí sé chomh simplí leis sin. Ach ní raibh tusa in ann é a fheiceáil."

Bhlais Jimmy dá phionta. Ba dheacair dó breith ar an ngloine anois gan í a chroitheadh.

"Tá sí go maith, dála an scéil," arsa Jimmy.

"Cuma liomsa cén chaoi a bhfuil sí," arsa Danny.

Barbara Ní Cheallaigh a bhí i gceist acu. Ba í chailín Danny í blianta fada ó shin. Bean Jimmy anois í.

"Ba chuma leat fúithi an t-am sin freisin," arsa Jimmy.

D'fhan Danny ina thost. Bhí an ceart ag Jimmy ach bhí Danny ag iarraidh cuimhneamh air ar bhealach eile. Bhí sé ag iarraidh cuimhneamh ar an ngrá. Bhí sé ag iarraidh cuimhneamh ar bheith lámh le lámh le Barbara. Bhí sé ag iarraidh cuimhneamh ar dhath a cuid súl, nó ar dhath a cuid gruaige. Ach ní raibh ag éirí leis. Ní raibh sé in ann cuimhneamh ar dhada ach ar an bhfearg agus ar an ngeit. Agus ar an bhfuil.

"Lig tú ort féin nár chuma," arsa Jimmy. "Bhí grá agamsa di agus tá i gcónaí ach ba chuma sa diabhal leatsa fúithi. Bhí tusa á hiarraidh mar go raibh mise á hiarraidh, sin an méid. Mar sin a bhí tú riamh."

D'éirigh Danny ina sheasamh.

"Slán, a Jimmy."

"Jim atá orm," arsa Jimmy. "Suigh fút, caithfidh mé rud éigin a rá leat."

A Seacht Déag

Ba mhaith ba chuimhin le Danny an gheit a baineadh as.

Shiúil sé isteach sa chistin agus chonaic sé Jimmy. Chonaic sé Barbara ansin. Bhí trí troithe eatarthu. Bhí siad chomh fada óna chéile agus a d'fhéadfaidís a bheith i gcistin bheag. Agus bhí an bheirt acu ag breathnú ar Danny.

Thuig Danny céard a tharla. Bhí siad tar éis a bheith ag pógadh nuair a shiúil sé isteach. Léim an bheirt acu siar óna chéile. Agus thuig sé rud eile faoi.

Ní raibh iontas ar bith air. Bhí a fhios aige go bhfeicfeadh sé Jimmy agus Barbara nuair a shiúil sé isteach. Sin an *fáth* ar shiúil sé isteach. Níor thuig sé ag an am é, ach thuig sé anois é. Theastaigh uaidh breith orthu.

Agus rug.

Bhí siad ansin.

Sáinnithe. Ciontach. B'fhurasta é a aithint ar a n-aghaidh. Bhí siad dearg.

"Haigh, a Danny," arsa Barbara.

Gorm. Rith sé le Danny anois. Bhí súile gorma aici. Scór bliain ó shin. Níos faide. Bhí siad an-ghorm. Ba chuimhin leis a bheith ag stánadh ar Barbara, agus ansin ar Jimmy ar feadh soicind. D'iompaigh sé thart ansin agus shiúil sé amach as an gcistin.

Chuala sé Jimmy á leanúint.

"Danny!"

Choinnigh sé air ag siúl.

Bhí sé idir dhá thine Bhealtaine. Ar bhealach, bhí sé sásta. Bhíodh sé ag siúl amach le Barbara, agus anois ní raibh, agus bhí sé sin togha. Agus uirthise an milleán. Rug sé uirthi ag bradaíl air le Jimmy, agus bhí sé sásta faoi sin freisin.

Ba mhaith an duine é Danny. B'olc an duine é Jimmy. Bhí Danny go deas, ní raibh Jimmy. Cruthaíodh an méid sin go soiléir nuair a shiúil sé isteach sa chistin. Rug Danny ar a dheartháir ag pógadh a chailín. Thaobhódh gach duine le Danny.

Ach bhí fearg air freisin. Bhí sé ina amadán acu. Chloisfeadh gach duine faoi. Bhí a chailín sciobtha uaidh ag a dheartháir féin. Bheidís ag gáire faoi. Bheidís ag caitheamh anuas air. Breathnaigh anois air, Danny an t-amadán. Mar sin bhí fearg air. Bhí sé feargach agus sásta agus ciontach.

Agus bhí fearg air nuair a rug Jimmy ar a lámh. Sa halla a bhí siad. Bhí Danny ar a bhealach chuig doras an tí.

"Fan soicind, a Danny," arsa Jimmy.

Tharraing sé lámh Danny. Chonaic Danny Barbara taobh thiar de Jimmy. Bhí cuma imníoch uirthi.

Tharraing Danny a lámh siar.

"Éist liom," a dúirt sé.

D'ardaigh Jimmy a lámha san aer, mar a dhéanfá dá mbéarfadh na Gardaí ort.

"OK, OK," a dúirt sé. "Ach fan, le do thoil."

Bhí Jimmy ina sheasamh anois idir Danny agus an doras. Bhrúigh Danny é. Thriail sé é a bhrú amach as an mbealach. Ach bhí an halla thar a bheith cúng. Ní raibh mórán spáis ann.

Bhrúigh Danny arís é.

"Fág an bealach!" a bhéic sé amach.

Bhí a máthair agus a n-athair agus a gcuid deirfiúracha, Úna agus Mary, ar fad ina luí. Bhí sé go maith i ndiaidh meán oíche.

Rinne Jimmy iarracht eile Danny a stopadh. Bhrúigh Danny in aghaidh a chliabhraigh. Rug Jimmy ar a dhá lámh agus thit an bheirt acu ar an urlár. Thit Danny ar Jimmy.

Lig Barbara scread aisti.

Bhí fearg ar Jimmy anois freisin. Bhí an bheirt acu tar éis a bheith ag ól. Bhí an oíche go léir caite acu ag ól.

Bhuail Jimmy Danny. D'ardaigh Danny a ghlúin idir dhá chos Jimmy. Lig Jimmy gnúsacht agus thit sé de Danny. Rinne Danny iarracht éirí ina sheasamh ach tharraing Jimmy siar é. Thosaigh Jimmy ag bualadh Danny go láidir. Bhuail sé sa chliabhrach é, sna lámha, san éadan. Rug Danny ar ghruaig Jimmy.

Bhí Barbara le cloisteáil os cionn an ghleo.

"Stopaigí! Stopaigí!"

D'éirigh an bheirt acu ina seasamh. Bhreathnaigh siad ar a chéile. Bhí fuil ag doirteadh amach as srón Jimmy agus d'airigh Danny fuil ar a liopa.

Ag an nóiméad sin, bhí an ghráin ag Danny agus Jimmy ar a chéile.

Chuala siad doras sheomra a dtuismitheoirí á oscailt.

"Céard atá ar siúl agaibh thíos ansin?"

A n-athair a bhí ann.

"A bhuachaillí?"

Agus a máthair.

Rith Jimmy i dtreo Danny. Bhí sé níos mó ná Danny. Ní raibh sé mórán níos mó ach bhí a dhóthain sa difríocht le Danny a leagan. Rug Danny ar léine Jimmy agus é ag titim.

Thit sé. Thit an bheirt acu – siar, siar, siar – siar trí dhoras an tí. Tríd an ngloine a bhí sa doras. Díreach tríd. Bhí Danny in ann é a aireachtáil. An ghloine á briseadh agus a chloigeann agus a ghuaillí ag dul tríd.

Ní raibh aon rud taobh thiar de anois ach aer. Thit sé. Bhí a fhios aige go mbeadh sé go dona. Bhí a fhios aige go mbeadh sé pianmhar. Bhí a fhios aige go mbeadh seisean gortaithe agus go mbeadh Jimmy gortaithe. Bhí a fhios aige go mbeidís gortaithe go dona.

Chuala sé an screadach.

Chuala sé an ghloine á briseadh, á pléascadh. Chuala sé tuilleadh screadaí.

Bhuail a dhroim leac an dorais taobh amuigh den teach, agus bhuail a chloigeann imeall na leice.

Tuilleadh screadaí.

"Jimmy!"

Barbara a bhí ann. Bhí sí ag glaoch ar Jimmy.

Ar Jimmy an milleán. Eisean a bhrúigh Danny tríd an ngloine. Eisean a thosaigh an troid. Eisean a thriail cailín Danny a sciobadh.

Dhún Danny a chuid súl.

A hOcht Déag

"Suigh fút," arsa Jimmy. "Caithfidh mé rud éigin a rá leat."

Bhí rud éigin difriúil faoin gcaoi a ndúirt Jimmy é. Shuigh Danny síos arís láithreach.

Bhreathnaigh sé ar Jimmy.

Labhair Jimmy go ciúin.

"Tá mé ag fáil bháis," a dúirt sé.

Go tobann, d'airigh Danny an-trom. Thuig a chorp an scéala sular chuala a chuid cluas é. Thóg sé píosa ar Danny ciall a bhaint as focail Jimmy.

Aithníonn An Fhuil A Chéile

Thóg sé níos faide arís air é a fhreagairt. D'oscail sé a bhéal ach bhí moill ar na focail.

"Cén chaoi?" a d'fhiafraigh sé.

"An gnáthrud," arsa Jimmy.

Freagra ceart Jimmy a bhí ann ceart go leor. Is beag nár thosaigh Danny ag gáire.

"Ailse?"

"'Sea," arsa Jimmy.

"A Mhaighdean," arsa Danny.

"Í sin agus go leor eile mar í," arsa Jimmy.

"An bhfuil mórán ama fágtha agat?" a d'fhiafraigh Danny.

"Cúpla mí," arsa Jimmy. "Bliain ar a mhéad."

"A Mhaighdean," arsa Danny. "Ní maith liom do thrioblóid, a Jimmy."

"Ní maith ná liom, a Danny," arsa Jimmy. "Ach an ndéanfá gar amháin dom sula gcaillfear mé?"

"Cinnte, céard é féin?"

"Glaoigh Jim orm."

"Ó. Ó 'sea, OK. Mo leithscéal. A Jim."

"Tá tú togha," arsa Jimmy.

Níor labhair ceachtar acu ar feadh tamaillín. Ansin labhair Jimmy amach.

"Bhuel."

Agus sin é ar feadh tamaillín eile. Ba leor é. Bhí go leor taobh thiar de. Bhí saol na beirte acu taobh thiar – daichead bliain de shaol. Focal lán le grá, le fearg, le spraoi, le pian. Tús nua a bhí ann.

"Bhuel," arsa Danny tar éis cúpla soicind. Cúpla soicind a mhair chomh fada le bliain.

"Seo muid," arsa Jimmy.

"Seo muid go deimhin," arsa Danny.

"Is deas tú a fheiceáil, a Danny," arsa Jimmy. "Agus má thosaíonn tú ag caoineadh maróidh mé thú."

Bhí dhá phionta eile acu, agus péire eile ina dhiaidh sin, agus péire eile ina dhiaidh sin arís. Bhí siad lán le caint. Labhair siad ar na blianta ar fad a chaith siad i bhfad óna chéile. D'inis Danny do Jimmy faoina gcuid gasúr, faoina phost, faoina theach, faoina bhean. D'inis Jimmy do Danny faoina phost, faoin gcuid de Londain a raibh sé ina chónaí ann, faoina chuid gasúr, faoi Barbara agus faoina mháthair chéile. Labhair siad faoina n-athair, agus gur airigh siad uathu é. Labhair siad faoina máthair, agus go raibh an bheirt acu ag déanamh imní fúithi. Labhair siad faoina gcuid deirfiúracha agus a bhfir siúd, faoin gcaoi ar thaitin fear deirféar amháin leis an mbeirt acu agus faoin gcaoi nár thaitin fear an deirféar eile le ceachtar acu. Phléigh siad cúrsaí ceoil agus scannán. Phléigh siad cúrsaí peile. Phléigh siad gach sórt. Chúitigh siad an t-am a bhí caillte acu, agus bhain siad an chuid ba mhó as an am a bhí fágtha acu. Phléigh siad gach sórt ach amháin an bás.

Dúnadh an beár. Casadh as na soilse. Fuair siad sé channa beorach an duine ó fhear an bheáir. Dhiúltaigh sé d'aon íocaíocht.

"Bhí aithne agam ar bhur ndeaide," a dúirt sé. "Is é a bheadh sásta anocht."

Amach leo. Bhí sé ag báisteach ach ní raibh fanacht rófhada orthu gur tháinig tacsaí. Chuaigh siad abhaile chuig teach Danny agus chas Jimmy le Karen, bean Danny, den chéad uair. Chroith siad lámh lena chéile agus thug Jimmy póg dá leiceann.

Bhí miongháire ar Danny. Bhí sé bródúil as a bhean. Bhí sé bródúil as a dheartháir.

Chuaigh Karen chuig an leaba agus d'fhág sí an bheirt acu leo féin sa chistin.

"Tá sí go hálainn," arsa Jimmy.

"Tá sí níos slachtmhaire ná Barbara," arsa Danny.

"Ó gabh i leith," arsa Jimmy. "Níl dada eatarthu, dar liomsa. Gabhfaidh muid ar fad ar saoire le chéile, an ngabhfaidh? Saoire an tsamhraidh."

"Gabhfaidh," arsa Danny.

"Beidh sé go maith," arsa Jimmy.

"Beidh," arsa Danny.

"Cúpla seachtain sa samhradh."

"Cinnte."

"Má bhím beo i gcónaí," arsa Jimmy.

D'fhan Danny ina thost. Bhreathnaigh sé ar Jimmy. Anois, sa chistin, bhí an oiread grá aige dó is a bhí aige dá chlann. Theastaigh uaidh barróg a thabhairt dó. Theastaigh uaidh barróg a thabhairt dó agus fanacht mar sin, gar dá chéile, an chuid eile dá shaol. Theastaigh uaidh pian Jimmy a thógáil air féin sa chaoi go mairfeadh Jimmy go deo.

"Tá brón orm, a Jimmy," arsa Danny.

"Jim," arsa Jimmy.

"A Jim," arsa Danny. "Tá brón orm faoi gach sórt."

Ní raibh sé in ann aon rud eile a rá. Bhí deora ina chuid súl. Lig sé dóibh titim. Rinne sé iarracht labhairt arís.

"Tá brón orm."

"A Danny," arsa Jimmy.

Thriomaigh Danny na súile.

"Céard?"

"Caithfidh mé rud éigin eile a rá leat."

"Céard?" arsa Danny.

"An ailse," arsa Jimmy.

"Céard faoi?" arsa Danny.

"Níl sé orm," arsa Jimmy.

Níor thuig Danny é.

"Tá mé togha," arsa Jimmy. "Níl dada ag cur as dom."

Ní ag magadh a bhí sé.

Ní hea go raibh fearg ar Danny. Ach fós níor thuig sé an méid a bhí á rá ag Jimmy.

"Más fíor sin, cén fáth a ndéarfá go bhfuil?" a d'fhiafraigh sé.

"Sin é an t-aon rud a rith liom," arsa Jimmy. "Murach go ndúirt mé é, bheifeá tar éis siúl amach as an teach tábhairne. Ní fheicfeadh muid a chéile arís go brách."

Leag Danny a dhá lámh síos ar bhord na cistine.

"A Mhaighdean."

D'fhan Jimmy ina thost.

"Níl tú ag fáil bháis mar sin?" arsa Danny.

"Níl," arsa Jimmy. "Go bhfios dom, ar aon chaoi."

Bhreathnaigh Danny síos ar an mbord, sall ar an bhfuinneog, suas ar an tsíleáil. Ansin ar Jimmy.

"Bhuel, dea-scéala é sin."

"'Sea," arsa Jimmy. "Rinne mé jab chomh maith den bhréag go raibh mé féin tosaithe ag ceapadh go raibh ailse orm."

Níor labhair ceachtar acu ar feadh píosa. Ach ansin d'oscail Danny a bhéal.

"Cén fáth ar ghlaoigh tú orm mar sin?"

"Dúirt mé leat cheana," arsa Jimmy. "Bhí sé i gceist agam le fada é a dhéanamh. Ansin chonaic mé fógra ar an teilí."

"Céard?"

"Bhí mé ag breathnú ar an teilí le Barbara cúpla mí ó shin," arsa Jimmy. Agus bhí an fógra seo ann. Tá a fhios agat féin é. Faoi na madraí. "*Comrádaí saoil do mhadra. Ní don Nollaig amháin é.* An bhfuil a fhios agat é?"

"Tá a fhios," arsa Danny.

"Bhuel," arsa Jimmy. "Nuair a bhí sé thart dúirt Barbara, 'Tá an rud céanna fíor do dheartháireacha.' Ise a chuir iachall orm é a dhéanamh. Choinnigh sí uirthi do mo bhrú. Ar feadh míonna. Agus anois, seo muid."

"Madra atá ionam mar sin, an ea?" arsa Danny.

"'Sea," arsa Jimmy. "An oiread liom féin."

"Bhuf," arsa Danny.

AITHNÍONN AN FHUIL A CHÉILE

"Bhuf," arsa Jimmy.
"Bhuf, bhuf."
"Bhuf, bhuf, bhuf."
Thosaigh Danny ag gáire.
Agus thosaigh Jimmy ag gáire.
Choinnigh siad orthu ag gáire ar feadh tamall fada.